MAURICE LESONGEUR

AURORE NOUVELLE

ROUEN
EDITION DES "PETITES AFFICHES"
28, BOULEVARD DES BELGES, 28

1916

MAURICE LESONGEUR

L'AURORE NOUVELLE

ROUEN

EDITION DES "PETITES AFFICHES"
28, BOULEVARD DES BELGES, 28

1916

DU MÊME AUTEUR

Pour paraître prochainement :

LE BANDEAU

Roman

L'AURORE NOUVELLE

Aurons-nous bientôt un art nouveau ? Sommes-nous à la veille de voir éclore une littérature nouvelle ? Notre politique va-t-elle devenir meilleure, notre diplomatie plus éclairée ? Autant de points d'interrogation qui font l'objet des préoccupations de nos penseurs, de nos littérateurs. Et nous sommes tentés d'écrire, au risque de provoquer un scandale, que nous n'avons pas la foi.

Lorsque les canons auront cessé de gronder, lorsque la mitraille ne sèmera plus la souffrance et la mort n'accumulera plus les désastres de toutes sortes, un grand calme se fera. C'est à n'en pas douter. Mais supposer qu'une ère vraiment nouvelle est sur le point d'éclore, ce n'est nullement certain.

Ce n'est pas parce que l'on aura remanié la carte d'Europe, que nous demeurerons nécessairement à l'abri des folies guerrières. Une terrible puissance militaire sera détruite pour un temps, soit ! Mais qui nous garantit qu'une autre ne se reformera pas ? Sera-ce la première fois qu'elle se trouvera modifiée cette fameuse carte ? Non. Eh bien que l'on se persuade que ce ne sera pas la dernière !

Au surplus, nous aimerions que l'on nous posât carrément cette question : Aurons-nous, lorsque la terrible tempête sera apaisée, des habitudes, des mœurs nouvelles ? Serons-nous plus sociables, plus enclins à un grand esprit de justice, de bonté même ?

Nous entendons bien : la littérature, aussi l'art ayant une grande influence — est-ce si certain que cela ? — sur une époque, l'on se demande avec quelque anxiété si l'une et l'autre ne vont pas apparaître sous des traits nouveaux et nous aider à sortir du chaos. Implicitement nous condamnons ainsi nos anciennes amours et nous mettons tout notre espoir dans de nouvelles conquêtes. Déçus dans le passé nous saisissons l'épave qui s'offre à nous : l'avenir. Mais qui ou quoi nous autorise à trouver quelque certitude dans cet avenir ?

De deux choses, l'une, ou bien la littérature a réellement une grande influence et elle n'a donné, jusqu'à présent, que de mauvais fruits, ou bien elle n'a pas toute la portée qu'on lui prête et elle perd sensiblement de son intérêt.

Sont-ce de nouvelles amours qu'il faut rechercher ? celles qui passent et qui sont décevantes ? Ne serait-ce pas un unique amour qu'il faudrait s'efforcer d'atteindre ; celui qui est immortel et qui dirige l'homme vers les sommets ?

Mais ne nous grisons pas de phrases pompeuses et déclamatoires ; soyons plus terre à terre et regardons ce qui se passe autour de nous.

I

Le bonheur des individus ne dépend pas uniquement de l'art en général et de la littérature en particulier. L'un et l'autre reflètent plus une époque qu'ils n'en fixent l'orientation, et, à notre sens, c'est à la politique qu'est attachée la destinée des peuples.

C'est certain. En temps normal tout est subordonné à la politique, et, certes, si elle était capable d'assurer la paix, la prospérité dans le travail, les libertés individuelles essentielles, elle mériterait toute notre attention. Théoriquement tous les hommes d'Etat ne manquent pas d'inscrire dans leur programme les grandes réformes qui doivent nous conduire vers les cités que nous ne voyons toujours qu'en rêve ; mais, en fait, nous ressentons toujours les mêmes malaises. Soyons justes : parmi ceux qui s'attèlent au char du gouvernement d'aucuns sont sincères, beaucoup même ne demanderaient pas mieux que de contribuer efficacement à la réalisation d'un idéal toujours poursuivi, jamais atteint, et qui semble constamment se dérober. Cela ne nous surprend pas outre mesure ; mais ce qui nous paraît vraiment stupéfiant, c'est la constance apportée par tous ceux qui professent la politique, dans des discussions, des critiques tout au moins oiseuses et dont l'inanité n'est pas à démontrer. Toujours l'on perd de vue qu'il faut bien moins s'attaquer aux principes qu'aux hommes. Ce sont ces derniers qui, bien plus souvent mus par leurs passions que par les intérêts dont ils ont la garde, excellent à tout fausser, à tout déformer, et à rendre inutiles de louables efforts faits pour le mieux-être des peuples. Le premier article de tout bon programme politique devrait donc comporter des conseils de sagesse... qui ne seraient guère écoutés. Eh bien il n'y aura jamais de bon gouvernement, voilà tout! Il faut en faire notre deuil. En conséquence tant que nous ne verrons pas les mœurs politiques s'améliorer, nous jugerons inutile d'avoir une opinion.

Que ceux qui seraient tentés de sourire en lisant cette déclaration veuillent bien méditer les leçons que nous offre l'Histoire. Pour cela, qu'ils jettent un regard en arrière et qu'ils remontent seulement, dans nos annales politiques, au règne de Louis XVI. — Or, que s'est-il passé depuis ? — Fatigué de la royauté, le peuple français fit une révolution et se proclama libre; mais une révolution ne va pas sans violences et celle de 1789 nous en apporta de nombreuses: beaucoup de têtes tombèrent sur l'échafaud et la terreur régna. Du moins fut-on en droit d'espérer, après tant de sanglants sacrifices, que le gouvernement rêvé viendrait assurer aux citoyens, délivrés de toutes les servitudes, les avantages qu'ils attendaient depuis des siècles. Enfin un monde nouveau allait naître et, pour que cela fût bien apparent, on démocratisa jusqu'au costume! Adieu perruque poudrée, jabot de dentelles et culottes courtes. On n'alla pas jusqu'à couper toutes les têtes, mais on fit impitoyablement tomber les longues boucles; les jabots furent laissés aux dames, et les culottes courtes, si élégantes, se trouvèrent remplacées par le moderne pantalon. Il n'est pas jusqu'au bon ton, jusqu'à la politesse, jusqu'à la galanterie même qui ne furent atteints, et on ne peut que le regretter ; le menuet fut remplacé par la *carmagnole* ! En échange de tant de sacrifices qu'allait-on nous donner ? Nous allions obtenir toutes les libertés !

Mais les Français purent à peine goûter à tant de faveurs : c'en était trop à la fois ! à peine affranchis de la royauté, ils acceptèrent un empereur, et n'était-ce pas ainsi aller à l'encontre du but recherché ?

Quoiqu'il en fût, cet empereur, qui se montra grand par le génie dut, soit qu'il eut été contraint d'agir par les circonstances, soit qu'il eut été poussé par des idées de conquêtes, promener le drapeau de la France sur tous les champs de bataille de l'Europe, puis devenir le prisonnier de ceux qu'il avait battus. Si l'épopée Napoléonienne fut glorieuse, elle ne laissa pas, par contre, d'être très ruineuse pour notre pays. Après vingt années de guerres à peu près continuelles la France, resta, en définitive, appauvrie, après avoir connu les horreurs de l'envahissement et perdu des milliers de ses enfants.

La révolution ne produisit pas les résultats attendus. A quelques libertés près, l'on revint au point de départ, et c'est alors que Louis XVIII monta sur le trône de France pour être remplacé, après un règne assez court, par son frère Charles X, lequel eut, pour successeur, Louis-Philippe. A César, succédèrent trois rois assez débonnaires, dont les règnes ne furent marqués que par l'expansion coloniale de la France ;

c'est-à-dire, par la conquête de l'Algérie. Puis vint la Révolution de 1848 : les Français furent vite fatigués de quelques années d'une paix relative. Et, à la faveur de cette agitation, Napoléon devint président de la deuxième République, puis, peu de temps après, notre empereur. La France devait, ainsi, traverser une période prospère qui fut compromise, hélas ! par la guerre de 1870 et la mutilation de notre pays.

En moins d'un siècle, la France avait dû subir deux gouvernements républicains, deux empires, trois royautés, et, à l'heure d'établir les comptes, elle resta diminuée ; son prestige subit une grave atteinte ; sa force, désormais amoindrie ne lui permit plus d'exercer, près des nations civilisées, cette action prépondérante qui avait fait toute sa gloire aux temps les plus reculés de son histoire.

Mais... passons Une troisième fois et au lendemain même de nos désastres, la République fut proclamée ; ne constituait-elle pas, d'ailleurs, la forme de gouvernement qui convenait le mieux à cette France si éprise de libertés ? La Royauté et l'Empire furent considérés définitivement comme inaptes à présider aux destinées de notre pays ; il s'agissait d'appliquer les principes qui avaient été la cause de la Révolution de 1789. Ce n'était plus un homme, quel qu'il fut, qui devait tenir les rênes du gouvernement, mais bien le peuple tout entier par l'intermédiaire de ses élus.

La littérature, ni l'art non plus, ne furent pour rien dans ce renversement, qui fit présager un nouvel et éclatant aurore ; l'Empire avait sombré dans le désastre de Sedan et ne pouvait plus se relever, puisqu'il n'avait pu empêcher l'emprise allemande, et il s'agissait de donner à la France un Gouvernement capable de lui faire reprendre le rang qu'elle avait perdu. Avec la République, la paix intérieure, comme la paix extérieure étaient assurées, — tout en laissant subsister une idée de revanche qu'il ne lui appartenait pas d'ailleurs d'étouffer — et par une évolution peut-être assez lente, mais d'autant plus certaine, nous devions obtenir tous les avantages que nous étions en droit d'exiger. L'ère de la liberté, de la légalité, de la fraternité même, par surcroit avait fait son apparition de façon définitive. Nous allions, depuis si longtemps qu'on l'attendait, voir s'exercer librement la souveraineté du peuple et se réaliser le plus bel idéal que l'on puisse rêver. C'est du moins ce qu'on nous promit en doctrine ; mais il y a parfois loin de la coupe aux lèvres et nous devions, semble-t-il, être appelés à méditer sur l'amère philosophie que renferme ce proverbe.

L'on ne pouvait espérer que tous les élus de la nation partageassent les mêmes idées. Il y a loin du Nord au Midi, l'on a la répartie prompte au pays de Mireille ; mais parfois aux dépens de la saine réflexion ; par contre, l'on est plus froid à l'autre extrémité de la France, et cela se conçoit ; enfin la pondération, les idées plus modérées émanent souvent des élus de l'Est, de l'Ouest, voire du Centre de notre pays, pour cette raison, sans doute, que la vérité se trouve toujours entre les extrêmes.

C'est ainsi que nous eûmes de nombreux ministères, aux dépens de la stabilité, de l'unité de vues et de la perfection gouvernementale. Pourtant, de grandes réformes furent accomplies, c'est indéniable : à outrance, on laïcisa ; peut-être alla-t-on un peu loin dans cette voie en voulant renier un passé religieux et en prenant toutes sortes de mesures frisant la persécution. La République nous fit voir que les excès se rencontraient sous tous les régimes et l'éclatant aurore qu'elle nous avait promis fut parfois voilé de vilains nuages.

Il est difficile d'exprimer, de façon précise, le caractère du peuple Français. Les citoyens de la troisième République sont toujours prêts à se révolter pour des idées, pour des utopies, mais ils supportent assez docilement le joug parfois pesant d'un fonctionnarisme tout puissant et qui s'étend de jour en jour. Le Français ne veut pas de roi ; mais il endure, avec sérénité, le despotisme d'un grand nombre de petits tyrans. Le Seigneur des temps féodaux est disparu, mais... réfléchissons... n'a-t-il pas laissé des émules qui vivent à notre solde ? Sous prétexte de sauvegarder les principes républicains, on boycotte bien un peu les citoyens qui s'imaginent que, sous la nouvelle aurore, ils peuvent penser à leur guise et s'exprimer librement. A notre sens et bien que nous admettions que ces libertés soient relatives, la République fait preuve d'une intolérance que l'on n'avait peut-être pas toujours rencontrée sous l'Empire. Et c'est très regrettable.

Nous nous défendons d'apporter ici un esprit de critique qui pourrait, d'ailleurs, sembler déplacé en un tel moment ; mais nous occupant de rechercher si une nouvelle aurore est probable, nous sommes conduits malgré nous, à rechercher si le passé peut nous fournir un guide pour l'avenir.

Les plus grandes espérances furent fondées sur la forme républicaine du Gouvernement et que de fois n'entendîmes-nous pas vanter les bienfaits de la Démocratie; or, si beaucoup parmi nous demeurèrent peu convaincus, c'est qu'ils sentirent que la France était atteinte de maux qui, sourdement, minaient sa vitalité. L'œuvre désagrégeante de certains politiciens, un fonctionnarisme par trop étendu, l'intolérance, les persécutions même, la délation, la division des partis, les ravages causés par l'alcool, l'envie et la haine furent, nouvelles plaies d'Egypte, funestes au développement de notre belle France.

Avoir eu foi en la destinée de la France sous un régime démocratique, s'être laissé persuader que le mot « Liberté » avait un sens large et que la troisième République parachèverait l'œuvre de la Révolution de 1789, voilà deux erreurs qui furent communes à beaucoup d'entre nous. Mais si le peuple français, voulant s'affranchir du joug des rois, fit tomber, par une forte poussée, un édifice un peu vermoulu, il ne réforma pas le caractère des hommes ni leurs mœurs non plus, en sorte que les mêmes excès se reproduisent sous d'autres formes et qu'en fait rien n'est changé.

D'impitoyables critiques se sont livrés à des études fort édifiantes sur la vie politique. L'un deux, qui a fréquenté les parlementaires, et qui est entré dans les cabinets ministériels, dit qu'il a pénétré partout avec une austère déférence et qu'il a été le premier à regretter de n'avoir pu garder son sérieux.

D'après ce début, on peut présager du reste. L'ouvrage est plutôt attristant. L'auteur appelle « la

République des camarades » le régime qui nous gouverne. C'est quelque chose comme la facilité organisée. Voilà une phrase qui manque de tendresse ! Mais, voyons encore. Dans notre pays, il y a des institutions, des pouvoirs, des grands corps d'Etat, des partis politiques, des programmes. Tout le monde le sait, tout le monde en parle. C'est la façade.

Depuis quarante ans, on a vu les assemblées voter tour à tour en faveur de l'impôt sur le revenu, de la réforme électorale, de la réforme administrative, et la même cérémonie continue ! Cela tient à ce que les programmes ne sont pas nécessairement faits pour aboutir. Les principes de la bourgeoisie républicaine datent de 1789 ; le socialisme de Marx date de 1848 ; le programme radical date de 1869. On peut être assuré qu'ils dureront longtemps encore. La lutte entre ces diverses conceptions de tout repos n'en constitue pas moins ce qu'on appelle la politique moderne.

S'il arrive, de temps en temps, qu'une réforme s'accomplisse, c'est généralement par hasard. Personne ne le fait exprès, nous dit-on encore ; mais les circonstances s'enchaînent de telle sorte qu'on voit le Parlement et les Gouvernements réaliser tout-à-coup des promesses qu'ils n'avaient pas faites. On en cite des exemples bien curieux et significatifs. Voici les aveux de M. Waldeck-Rousseau : « Nous avons été condamnés, écrivait-il, à adopter comme une règle supérieure à tout le reste, la nécessité de ne pas tomber. Nous avons dû faire des concessions de principe, tout en nous en efforçant d'en éviter la réalisation. Un jour, pour échapper à la chute dont nous menaçait une interpellation, nous avons dû déposer un projet d'impôt sur le revenu ; un autre jour il nous a fallu prendre part dans la question des retraites ouvrières. On ne peut, ni établir l'impôt sur le revenu, ni réaliser actuellement, tel qu'il est conçu, le projet des retraites. » Et c'est ainsi que se fait la politique ! Par les mêmes principes, M. Combes a proposé, comme expédient, pour prolonger un peu son ministère, la séparation des Églises et de l'État qu'il ne désirait pas quelques jours auparavant, et M. Rouvier, qui y avait toujours été opposé, a permis qu'elle s'accomplisse. Par les mêmes principes encore, le Sénat s'est laissé imposer le rachat de l'Ouest par M. Clémenceau.

Certes, ils sont nombreux, ceux à qui il est arrivé de défendre avec ardeur nos grandes institutions dans la croyance où ils étaient que tout se passait le plus sérieusement du monde. Ils ont cru aux grands principes, ils ont pensé que nos ancêtres avaient bien agi en sapant, à sa base, en 1789, une société qui ne sut s'adapter à une évolution des idées, à un besoin de liberté, à plus de justice. Malgré des apparences fâcheuses, nous voulons voir beaucoup de facétie dans ces critiques. Pourtant, et c'est du moins ce que l'on prétend, après cent ans de troubles, nous sommes peut-être moins avancés, aux point de vue de saines idées libérales, que nous le serions s'il n'y avait pas eu de Révolution et que les réformes eussent été poursuivies sans violence.

Il n'y avait pas à se faire d'illusion, dit-on encore, sur ce que ferait la moyenne bourgeoisie parvenue au pouvoir, prise entre la crainte et l'envie des partis qui étaient à sa droite, et l'essai d'utiliser les partis à sa gauche pour dominer provisoirement. Dans cet arrangement, les maîtres du jour, ceux qui devaient être nommés plus tard les bénéficiaires, ont inventé un dogme à leur usage, ils ont fait de la République une famille dans laquelle ils ne sont pas entrés providentiellement, mais dont ils prétendent surveiller les alliances et l'étendue. C'est à ceux-là que John Lemoine disait jadis : « il existe une école républicaine qui est aussi intolérante que l'école ultramontaine, et qui ne voit point de salut hors de son église ». Nous lui disons nettement que nous n'admettons pas cet autre genre de syllabus. Si nous voulions reconnaître un droit divin, nous choisirions le vrai, celui qui possède non pas seulement une doctrine, mais une histoire, ce qui ne nuit point. En dehors de celui-là, nous n'en reconnaîtrons pas d'autres.

La République qui préside à nos destinées ne veut pas de gouvernement fort, elle s'accommode infiniment mieux d'un pouvoir faible. L'hégémonie des députés, leurs pouvoirs sur leur arrondissement, leur faculté d'obtenir des faveurs pour leur circonscription, tout cela ne s'explique pas autrement que par la possibilité d'intimider le gouvernement et, par conséquent, de faire passer les intérêts particuliers avant l'intérêt public. Ainsi s'est produit, peu à peu, un glissement qui serait généralement reconnu. Quand on dit que le désordre est partout, on trouve peu de contradicteurs. Le personnel au pouvoir serait, d'après ce que l'on raconte, le premier à reconnaître un état de choses contre lequel il n'essaie rien. Tout continue par la vitesse acquise ; tout s'arrange en ne s'arrangeant pas ; le pays s'habitue à vivre sans institutions. C'est un mouvement déclanché depuis longtemps.

Ce n'était guère la peine de faire la Révolution de 1789, de tout bouleverser, de faire tomber tant de têtes, de verser tant de sang pour arriver à de semblables constatations ! Pour flatter les électeurs, pour conserver leurs suffrages, pour s'assurer une majorité, des députés ont eu de coupables faiblesses ; puis, peu à peu, l'intrigue s'est installée en maîtresse dans notre Parlement si bien que les élus d'une grande valeur morale ont fini par abandonner des luttes, des marchandages, des compromissions par trop inquiétantes. Restent ceux qui s'accomodent plus facilement de tout un peu, restent ceux qui sont guidés par de banales passions, par des intérêts, par on ne sait quoi encore et c'est ainsi que la politique nous procure un vilain spectacle. Et l'on est surpris qu'il se trouve des hommes, en assez grand nombre, pour se livrer à ces besognes obscures, à ces intrigues parfois basses qui projettent de sombres couleurs sur les coutumes des politiciens.

Un mode gouvernemental ne serait perfectible qu'autant que les hommes seraient susceptibles de s'amender. Tout est là. Mais l'expérience et l'histoire nous sont offertes pour nous ôter toute illusion à ce sujet. Il semblerait que l'humanité ne peut s'accomoder d'un juste équilibre. La saine raison préside rarement à ses actes. Une moitié du genre humain veut toujours oppresser l'autre. Longtemps, un patronat tout puissant ne se fit aucun scrupule de n'accorder aux ouvriers que d'infimes salaires, et c'est ainsi que des violences surgirent. Puis, l'excès changea de côté : maintenant le travailleur entend réduire de plus en plus ses heures de présence à l'atelier et augmenter constamment ses gains. Les plus justes revendications doivent avoir une limite, mais les ouvriers représentent une puissante majorité et ils entendent imposer leurs volontés sous la poussée des théories socialistes. Des utopistes, des saltimbanques de la politique ont semé la mauvaise idée; celle-ci a germé, elle s'est développée et le mal est très grand. Les humbles attendent toujours après les cités qu'on leur a promises, ils ont obtenu beaucoup, mais ils veulent davantage encore. Pourquoi s'arrêteraient-ils à mi-chemin, puisqu'on leur a fait entrevoir qu'ils pouvaient prétendre à tout ? Les politiciens — ceux qui désirent avant tout conserver leur mandat — sont les prisonniers de cette clientèle électorale, et que peuvent-ils faire ? sinon la flatter constamment.

Le détenteur de quelques richesses, voilà l'infâme ! Les arrivistes commencent toujours par lancer leurs foudres contre le capital, mais lorsqu'ils parviennent au pouvoir, ils changent généralement d'attitude. C'est à ce moment qu'ils s'entendent à merveille, en bons camarades, pour goûter un peu à ce capital dont ils ont tant médit. Ces révolutionnaires deviennent d'excellents bourgeois et ils ne dédaignent pas de vivre aux dépens des contribuables dont ils sont censés défendre les intérêts. Ils sont parfois embarrassés pour expliquer leurs pirouettes ; ils y parviennent en mettant largement à profit la crédulité des électeurs : et ainsi va la politique.

L'incompétence des masses n'est pas à démontrer. Elle se vérifie dans tous les actes de la vie politique et elle justifie le pouvoir des minorités. Le gouvernement du peuple n'admet ni discussions réfléchies, ni délibérations sérieuses. Il est matériellement et psychologiquement impossible. Dès qu'il faut raisonner, conclure et agir ce n'est pas le nombre qui peut quelque chose, ce sont les chefs. La souveraineté populaire est une formule.

Victor Considérant remarquait qu'entre la Démocratie et la Monarchie, si elles admettent toutes deux le système représentatif, la différence porte moins sur la nature des deux régimes que sur leur rythme. Au lieu d'un roi, le peuple se donne une foule de roitelets avec la satisfaction dérisoire d'en changer périodiquement. Proud'hon ne raisonnait pas autrement : « Les représentants du peuple, disait-il, n'ont pas plutôt conquis le pouvoir qu'ils se mettent à consolider et à renforcer leur puissance jusqu'à ce qu'ils réussissent à s'affranchir complètement du contrôle populaire. »

« Qu'est-ce qu'une révolution ? », dit Théophile Gauthier. Des gens qui se tirent des coups de fusil dans la rue, cela casse beaucoup de carreaux, il n'y a guère que les vitriers qui y trouvent du profit. Le vent emporte la fumée. Ceux qui restent dessus mettent les autres dessous. C'est bien la peine de remuer tant d'honnêtes pavés qui n'en peuvent mais. »

L'on évalue à quelques milliers le nombre de personnes qui détiennent un peu de pouvoir à des titres divers et qui préfèrent s'entendre entr'elles, plutôt que de se contrôler les unes les autres. Aussi avons-nous le gouvernement, non pas d'un seul, mais le gouvernement de quelques-uns. Rousseau avait prévu cela. « A prendre le terme dans la rigueur de l'acception, a-t-il écrit, il n'a jamais existé de véritable démocratie et il n'en existera à aucun moment. Il est contre l'ordre naturel que le plus grand nombre gouverne et que le plus petit soit gouverné. »

Montesquieu, aussi, avait imaginé quelque chose de pareil; il appelait cela une « aristocratie », c'est-à-dire gouvernement des meilleurs. Un écrivain caustique et sans indulgence a dit que la « Démocratie était le gouvernement des pires. ».

Par ce trop rapide exposé, on peut voir ce que valent les espérances fondées sur les variations politiques, mais cela n'empêche nullement que les bienfaits de la Démocratie nous soient vantés tous les jours par nos gouvernants, aussi par les personnages officiels et que le peuple continue d'espérer. Pauvre peuple! Lui aura-t-on assez vanté les avantages de la souveraineté nationale. Que vaut-elle à l'usage, cette jolie formule? Quoiqu'il en soit, on y tient malgré tout, plus par habitude sans doute que par conviction, et l'on continue de croire.

A chaque élection législative, nous voyons sur les murs de nos villes, de nos villages, affichées sous des couleurs symboliques les professions de foi, toujours pareilles des candidats à la députation. Ces derniers font des promesses qu'ils ne peuvent ou ne veulent tenir; ils énumèrent toutes les bienveillantes réformes dont ils prennent l'engagement de hâter la réalisation; mais lorsque la bataille est terminée, le vent emporte souvent les promesses. L'électeur ne se décourage pas pour si peu, il continue d'espérer; il en a pris la douce habitude et il serait fort contrarié si on venait lui enlever son optimisme. Déçu, sans doute, il préfère fermer les yeux.

Consolons-nous, puisque nous avons l'assurance que, de temps à autre une réforme sérieuse est réalisée, lorsque le gouvernement y est contraint par les circonstances, pour vivre un peu plus longtemps, car il faut bien vivre n'est-ce pas ? Et c'est ainsi que l'on vote la séparation des Églises et de l'État, et que, tout doucement, l'on éteint les lumières célestes ; ainsi le veulent les lumières de la démocratie.

Que les hommes politiques répètent à l'envi qu'ils ont en poche la recette merveilleuse qui nous apportera le bonheur cela n'a rien d'extraordinaire : n'est-ce pas leur métier ? Mais ce qui est le plus surprenant c'est qu'il reste encore des auditeurs disposés à le croire.

II

Si la politique n'a pas répondu à nos espérances, si elle n'est qu'un leurre, pouvons-nous tourner nos regards d'un autre côté ? Ne trouverons-nous partout que déception ? Mais nous avons la science et toutes les merveilles qu'elle nous offre. Et rendre hommage aux efforts qui sont faits par nos savants est un devoir que nous n'hésitons pas à remplir. Nous serions bien ingrats si nous hésitions à proclamer notre admiration pour un siècle qui nous a donné le télégraphe, le téléphone, l'automobile, la télégraphie sans fil, et enfin ces grands oiseaux qui semblent avoir achevé nos conquêtes puisqu'ils nous donnent celle de l'air. Pourtant, cette admiration est mélangée d'un certain scepticisme; notre enthousiasme, qui fut très grand, va s'affaiblissant en présence de sombres réalités sur lesquelles il n'est pas permis de fermer les yeux.

Il est certain que de nos jours la science a pris un essor des plus considérables et que les hommes dirigent toute leur énergie vers de nouvelles inventions, vers de nouvelles découvertes. Même des explorateurs hardis s'en vont visiter les parties de notre globe terrestre jusqu'ici demeurées inaccessibles aux humains; rien, en un mot, ne paraît avoir été laissé dans l'ombre; l'univers, pourtant infini, n'aura bientôt plus de secrets qui ne soient dévoilés. Et, certes, les contemporains des premières applications de la vapeur seraient fort surpris s'ils pouvaient venir admirer les dernières merveilles dont la science nous a dotés. S'il s'est écoulé un grand nombres d'années entre la découverte de Papin et l'emprise faite dans l'espace par le premier aéroplane, la liste des inventions qui ont vu le jour entre ces deux événements, est longue. Il serait impossible de la relever ici. Chaque jour, l'homme arrache un nouveau secret à l'immense univers. Le télégraphe semble déjà un peu vieillot depuis que le téléphone, venu le détrôner, est dépassé par la télégraphie sans fil, et si le chemin de fer a pu passer pour une invention du diable, que faut-il penser de l'automobile? Mais pourquoi s'arrêterait-on en si beau chemin? Il est permis de supposer que toutes les « quarante chevaux » iront, dans quelques années, rejoindre la vieille diligence. Le progrès n'a pas de limites, si bien que l'aéroplane, le dirigeable, tous les biplan et les monoplan, en s'élevant dans les airs, ont détourné l'attention des chauffeurs d'auto attentifs aux problèmes suscités par la locomotion aérienne. L'homme est devenu le concurrent de l'aigle pour la conquête de l'air, puis il l'a vite dépassé. Mais où s'arrêtera le génie des inventeurs et que sommes-nous appelés à voir encore?

Si nous ne pouvons tout signaler, qu'il nous soit permis, cependant, de mettre une note élogieuse sur l'art de guérir les maux..... physiques, s'entend, dont nous sommes atteints. La médecine a réalisé des progrès qui tiennent du prodige. La greffe humaine n'est pas un vain mot depuis qu'il est devenu banal de remplacer, soit une oreille, soit un nez détériorés.

S'il est possible de joindre un peu d'ironie à beaucoup d'admiration, ce n'est pas évidemment au regard de la chirurgie qui s'entend si bien à réparer la pauvre charpente humaine. Balsamo ne s'acharnerait pas, maintenant, à rechercher l'élixir qui devait prolonger nos jours. A quoi bon? Nous n'avons plus besoin d'élixir puisque nous pouvons remplacer les parties de notre individu que l'accident ou l'usure aura rendues impropres à tout service.

Aussi bien il faut louer sans réserves les efforts qui sont faits pour diminuer nos souffrances; mais, en est-il de même pour le reste? Nous n'admirons pas sans quelque méfiance, tout ce que la science nous apporte et, pour parler net, nous ne partageons pas l'enthousiasme général; nous avons cette audace de rester insensibles devant tant de magnificence.

Arracher, un à un, tous les secrets de ces sciences qui n'ont pas de limites, c'est bien. L'homme accomplit une œuvre utile en cherchant toujours le mieux-être de ses semblables et il donne, ainsi, le meilleur essor à son activité. Mais parmi toutes les découvertes, il en est de fort utiles, d'autres qui rendent des services très contestables, enfin il en est de très nuisibles. L'on a écrit : « Science sans conscience ne vaut rien », et encore : la science qui ne s'allie pas à la recherche de la beauté est fort dangereuse. Tout cela revient à dire, de façon plus simple, que toutes ces sciences-là risquent fort de devenir malfaisantes aux mains d'individus dont la culture morale et intellectuelle n'a pas marché de pair avec les progrès scientifiques. N'en avons-nous pas une preuve en ce moment même? Les Allemands mettent toute la science qu'ils ont acquise au service de leurs mauvais instincts et nous montrent ce que peut une pareille alliance ! Seulement il se pourrait que cette belle science sombrât dans la barbarie et nous prouvât que, somme toute, elle est vaine. Cela est peut-être inattendu, mais fort probable cependant. Une machine infernale forgée à grand peine pendant plus de quarante années va échouer piteusement après n'avoir semé autour d'elle que la mort et la désolation, vaincue par l'héroïsme de nos soldats qui ont opposé aux forces brutales une force plus grande : l'héroïsme puisé dailleurs que dans la science.

L'homme perfectionne tout, excepté soi-même ! Il commence par où il eut dû finir. Nous eussions aimé que le progrès moral accompagnât le progrès scientifique, qu'il le devançât même. Tant que le premier n'aura pas atteint sa perfection le second est, d'avance, condamné non seulement à l'insuccès, mais peut-être aux pires fins. Que l'on nous dise que, chez l'espèce humaine, la méchanceté, l'envie, la haine ont fait place à la bonté, au désintéressement, à l'amour aussi et alors nous applaudirons peut-être à tous les progrès, nous disons..... peut-être!

Oui, parce qu'il n'est pas bien certain que toutes les inventions que nous avons énumérées, et celles, nombreuses, que nous avons omises, aient apporté un gros appoint à notre bonheur. Vitesse ne signifie pas nécessairement félicité ; la contemplation que nous rendent presque impossible les exigences de la vie moderne renferme, pourtant en elle même, une jouissance élevée; mais peut-il être question de s'attarder à la vue d'un beau paysage à une époque où il est de bon ton de se transporter le plus rapidement possible d'un endroit à un autre. A quoi se résume le progrès, tel qu'on le comprend généralement, somme toute? sinon à une amélioration constante de toutes les industries. Or, celles-ci nécessitent des usines où vont s'entasser des milliers d'hommes et de femmes qui usent prématurément leurs forces dans des travaux souvent malsains. Quelques privilégiés de la fortune seuls, jouissent du fruit d'un dur labeur qui ne comble pas des exigences toujours plus grandes, et le riche passe toujours insatiable pendant que le travailleur gémit contre sa dure destinée. Ainsi va le monde. Ne nous étendons pas sur l'immoralité dont beaucoup d'usines sont le plus souvent la source. Au surplus, passe encore pour celles qui produisent les choses nécessaires à notre existence, mais que dire des immenses ateliers d'où sortent tous les engins destinés à la destruction même de cette humanité qui est si fière de ses progrès ? Que de méfaits ne sommes-nous pas obligés d'imputer à certaines industries ? Ne provoquent-elles pas, outre des accidents de toutes sortes, la désertion de nos campagnes et le quasi-abandon de cette terre d'où nous puisons tout ce qui est d'utilité première à notre existence ? Mais l'ouvrier préfère la fumée de l'usine à l'air pur et vivifiant du village qui l'a vu naître ; il se laisse tenter par l'appât de salaires, en apparence élevés, mais qui ne sont pas toujours en rapport avec la cherté des denrées alimentaires dans les villes et l'élévation des loyers.

Le progrès, la science, nous offrent ces inconvénients et qui niera qu'ils ne soient graves ? L'existence de milliers d'individus est sacrifiée pour le bien-être, pour les besoins de luxe de quelques privilégiés de la fortune. Mais plus ces derniers acquièrent de jouissances, davantage ils en désirent, de sorte qu'ils demeurent insatisfaits. Après le chemin de fer, nous eûmes l'automobile que l'aéroplane est venu détrôner, et puis, que verrons-nous demain ? La simple réflexion conduit à constater que tous les efforts faits depuis l'origine du monde n'ont apporté aucune amélioration quant à notre bonheur même. Les découvertes, les inventions, dont les savants se font gloire, se sont parfois retournées contre nous ; l'aviation nous en offre à l'heure actuelle un frappant exemple. Combien ils sont maudits, en ce moment même, ces nouveaux monstres aériens qui sèment partout la terreur et la mort. Cette science que l'on a tant admirée et que l'on a voulu ériger en religion ne sert aujourd'hui qu'à détruire.

Pour un Pasteur qui fut bienfaisant à l'humanité, combien de savants n'ont apporté au monde que des découvertes dont l'utilité est au moins contestable! L'on a perfectionné l'art de guérir; la médecine, la chirurgie accomplissent certes des prodiges, mais n'eut-il pas mieux valu diminuer les forces destructives qui nous menacent et réduire la consommation de l'alcool au lieu de la favoriser? L'hygiène et la tempérance valent mieux que la panacée la plus célèbre. Si la mortalité est plus grande qu'autrefois que nous importent, en fin de compte, les travaux des laboratoires?

Les progrès réalisés en vue de notre bien-être matériel ne sont pas niables, mais ce bien-être n'est-il pas acheté bien cher? Est-ce qu'il ne nous rend pas férocement égoïstes et ne nous pousse pas, à notre insu même, à la conquête de l'or nécessaire pour nous procurer toutes ces merveilles de confortable que la science met à notre disposition? Et alors nous assistons à une lutte sans merci; c'est à qui accaparera les richesses; nous n'avons plus guère qu'un objectif: gagner beaucoup d'argent afin de faire face aux besoins factices que nous nous créons.

Est-ce qu'elle ne traîne pas bien des maux après elle, cette folie de vitesse qui s'est emparée des hommes? Pour leur rendre plus commode le parcours du globe terrestre l'on a établi de nombreuses routes et d'importants réseaux de chemin de fer qui vont, s'allongeant chaque année. La plus petite bourgade désire sa voie ferrée et si l'on n'y prend garde toute poésie disparaîtra de notre belle France. La fumée de la locomotive est venue s'ajouter à celle des hauts fourneaux et d'épais nuages obscurcissent le ciel. Nos jolis paysages, nos beaux sites ont perdu leur physionomie ; le panache de fumée n'est pas décoratif et il est malodorant ; le sifflet de la mécanique détruit, de sa note stridente, la douce harmonie qui se dégage des choses de la nature. Insensés que nous sommes ! pourquoi apportons nous tant de hâte à courir d'un endroit à un autre ? Nous jetons sur toutes choses un regard rapide, nous espérons pouvoir laisser nos maux derrière nous, mais ils s'acharnent à notre poursuite ; nous passons, dédaigneux, près des beautés que la nature renferme, et qui semblent nous être offertes pour charmer nos yeux, pour le seul plaisir de nous déplacer. L'industrie scientifique malgré tous ses progrès, est impuissante, aussi, à nous apporter ce bonheur après lequel nous courons tous et qui semble d'autant plus se dérober que nous le poursuivons avec une rapidité sans cesse accrue.

Nous voulons nous persuader que nous sommes plus heureux que nos aînés et nous parlons avec commisération du bon vieux temps sans prendre garde aux faillites de certaines promesses faites par la science. Pourquoi, au surplus, serions nous plus heureux que nos ancêtres ? Ce n'est qu'en apparence que nous sommes mieux traités que ces derniers. Le luxe et le bien-être matériel que nous avons acquis le sont au détriment de notre existence : plus nous nous éloignons du naturel et de la simplicité, plus nous abrégeons la durée de notre passage sur la terre. Notre vie n'est, somme toute qu'une succession de jours plus ou moins nombreux dont la plupart sont remplis d'amertume et toutes les sciences sont impuissantes contre cette réalité. Nous savons bien que notre existence est tout à fait éphémère, que la plupart de nos efforts sont vains, mais nous nous obstinons à fermer les yeux sur des vérités qui nous semblent trop cruelles; nous essayons, enfin, de nous griser par quelques victoires qui n'apportent aucun remède à ce qu'il y a d'incertain dans notre sort. L'on nous promet toujours que celui-ci deviendra meilleur; ceux qui gouvernent les Etats s'efforcent, parfois avec sincérité, de forger des lois plus justes, mais au fond rien ne change relativement à la douceur de notre vie même. Tant qu'à cette science que nous ne pouvons acquérir que par un labeur acharné, elle ne fait qu'augmenter nos besoins et nous rendre plus malheureux.

L'on a vu quel cas il convient de faire de découvertes qui ont fait grand tapage, des armes ont été forgées qui se sont retournées contre nous, la jolie besogne que nous avons fait là!

Ceux qui ont voulu ériger la science en religion — au mépris de la vraie — ont vu la barbarie refleurir et ce fut une brutale réponse faite à leurs inepties. Au surplus, hommes qui vous énivrez de vitesse, où allez vous? Où prétendez-vous aller? Que vous sert de courir à une allure si rapide? Quel est votre but? Y avez-vous seulement songé? Le bandeau que vous avez sur les yeux vous empêche de voir les beautés véritables. Insouciants du mal que vous pouvez faire vous êtes prêts à tout pour vous frayer un passage sur la route de la vie et pourtant vous n'ignorez pas que cette route aboutit à un précipice ! A quoi bon cette hâte alors ?

III

Il faut pourtant bien se rendre à l'évidence, et il est fort à craindre que les aurores nouvelles ne soient susceptibles de surgir, si l'on n'y prend garde, que dans l'imagination de ceux qui désirent les voir. Le passé nous démontre que nous retombons toujours dans les mêmes fautes ; or, pourquoi ferions-nous quelque crédit à l'avenir ? Notre optimisme n'a point de base ; on ne peut l'étayer sur aucun précédent ; bien mieux, il semble qu'un mouvement de recul est en train d'anéantir les espérances fondées sur cette civilisation, sur ce progrès qui font l'objet des préoccupations des grandes intelligences de ce temps. Si ceux qui président à nos destinées s'inspiraient toujours de la meilleure littérature, du plus bel art, nous pourrions fonder quelque espoir sur le génie de notre race, mais de quel effet est une littérature sur une politique ? Les critiques signalent les fautes, mais elles n'en suppriment pas toujours les causes. Un grand moraliste du siècle de Louis XIV a écrit que les hommes se livreraient encore à de plus grands excès si leurs erreurs n'étaient point signalées. La littérature n'eut-elle que ce résultat, qui tiendrait à limiter, qu'il faudrait encore la louer, mais c'est insuffisant évidemment.

Au lendemain de la guerre de 1870, après que fut passée l'année terrible, comme l'on disait jusqu'en 1914 ; — car l'on se demande par quel vocable l'on désignera la période que nous traversons, — il fut aussi question d'aurore nouvelle. Mais le plus pressé consistait surtout à réparer de grands désastres, il s'agissait de revanche même ; nous devions réunir toutes nos forces pour être capables de vaincre un ennemi qui venait d'assurer l'unité de son empire sur nos ruines et qui devait devenir une menace non seulement pour toutes les nations en général mais encore pour une civilisation ; il s'agissait, enfin, de rétablir l'intégralité du territoire de cette France que nous nous plaisions, dans notre orgueil, à considérer comme le seul flambeau capable d'éclairer le monde. Et nous nous devions à nous même de ne pas mourir pour conserver un si beau prestige.

Or, dans les premiers mois de 1914, c'est-à-dire quarante-quatre années après 1870, et à la veille même de la nouvelle invasion allemande, voici quels étaient les « témoignages » de l'expérience que l'élite de notre nation répandait dans nos revues.

......Mais, même aux époques de la pire barbarie, le nombre n'est pas tout, et je ne pense pas que la grande barbarie revienne jamais sur la terre écrivait M. Pierre Termier, de l'Institut. Et il ajoutait : « Traverser, sans subir d'agression, et cependant sans reculade humiliante, la crise belliqueuse qui s'est abattue sur l'Europe, voilà le problème. Être assez forte pour décourager l'adversaire, voilà ce que doit, présentement désirer, et ce que désire, en effet, très réellement la France. »

A ce témoignage optimiste, M. Jacques Piou, nous en a opposé un autre prenant souvent des allures de prophétie.

« Croyant flatter les passions de leur clientèle, écrivit-il, les politiciens officiels ont repris à leur compte les utopies de la paix universelle et de la fraternité des peuples, et dénoncé la préparation à la guerre comme une ruineuse folie.

Systématiquement, ils ont laissé la défense nationale dépérir en leurs mains.....

Aujourd'hui, malgré Agadir, malgré les menaces de l'offensive allemande, notre artillerie lourde est, pour une partie, en construction, pour l'autre à l'étude et aux élections actuelles, les candidats qui sont les favoris du gouvernement proclament l'abrogation de la loi de trois ans, c'est-à-dire le désarmement de la France.

L'obsession de la paix qui a déjà conduit notre flotte à Kiel, notre diplomatie à Algésiras, l'Allemagne dans notre colonie du Congo, peut, demain, ouvrir notre frontière à l'invasion..... ».

On sait ce qui s'en suivit.

M. Termier se trompait lorsqu'il écrivait ceci : « je ne pense pas que la grande barbarie revienne jamais sur la terre ». En aucun temps, peut-être, guerre aussi atroce que celle que nous subissons maintenant ne désola l'humanité et les horreurs commises dépassent tout ce que l'on peut imaginer. Elles sont maintenant connues de tous. Comment des hommes civilisés ont-ils pu commettre de pareils forfaits ? Le dernier des Peaux

Rouges répudierait de semblables crimes! Un cannibal imaginerait-il des raffinements aussi cruels? C'est pis que de la barbarie, c'est quelque chose qui n'a de nom dans aucune langue, à moins que ce ne soit de la barbarie scientifique!

La guerre ne se prête pas à la culture de sentiments délicats; toutefois de pareils crimes sont inexcusables. Mais quelles sont donc les leçons qu'il convient de tirer de ce terrible cataclysme? A quoi sert l'histoire? Dans quelle catégorie convient-il de classer les hommes qui ont perpétré tous ces crimes et qui se sont, ainsi, exclus de l'humanité? Enfin, que penser de la prétendue civilisation et quelle est l'utilité de la science?

Efforçons-nous d'examiner qu'elles sont les réponses qu'il convient de faire à ces trois interrogations et commençons par la première : à quoi sert l'histoire? Des esprits se sont indignés que l'on osât formuler une pareille proposition. On peut leur demander, à ceux-là : Mais à quoi donc nous a servi la dure leçon de 1870? Toutes les personnes prévoyantes s'ingéniaient, au cours de ces dernières années, à réclamer de notre Gouvernement des mesures propres à nous mettre à l'abri d'une invasion allemande, or, qu'à-t-on fait? N'avons-nous pas vu, par exemple, oh! stupéfaction, que les mesures à prendre pour la sécurité de la France pouvaient être considérées comme réactionnaires, alors qu'elles n'étaient que sagement prévoyantes.

Il y avait, paraît-il, sur ce sujet, un programme venant de je ne sais où, dont on devait s'inspirer et qui avait été élaboré par une assemblée plus bruyante, sans doute, que raisonnable. La France avait ou n'avait pas besoin d'être mise en état de résister à une attaque, de la repousser, de vaincre un ennemi héréditaire même et, parmi les nations européennes, n'était-elle pas la plus menacée ? Tout était là. Or, l'on ne peut que se demander quelle pouvait bien être, en l'occurence, l'utilité tant des divagations socialistes que des théories malfaisantes de certains politiciens. Que de sottises n'ont-elles pas été dites relativement à notre défense nationale. Il s'agissait d'une gageure à coup sûr ; c'était à qui soumettrait le projet le plus incohérent. C'était à qui coopérerait à la destruction systématique de notre armée. De pareils faits seraient simplement grotesques et prêteraient à rire, tout bonnement, si leur effet n'avait failli avoir les conséquences les plus épouvantables. Est-ce que les coupables pensaient à la France ? Se préoccupaient-ils de ce qui se passait de l'autre côté du Rhin ?

Parmi ceux qui se sont ainsi fâcheusement compromis, certains ont été les premiers à prendre les armes à l'heure du danger et il faut les absoudre. Chez nous, on oublie vite d'ailleurs. Et puis le peu de souci que certains Français apportaient aux questions se rattachant à notre défense nationale indique qu'il y avait, chez nos populations, un désir non équivoque de paix universelle et que ce désir — qui allait jusqu'à l'imprévoyance — ne peut que nous honorer grandement. L'on ne saurait nous reprocher d'avoir préparé les aurores sanglantes ! A ceux qui seraient tentés de nous soupçonner d'avoir soigneusement entretenu des idées de revanche, nous pouvons répondre ceci : nous placions notre volonté de poursuivre l'ère du progrès et de la civilisation au-dessus de nos plus légitimes revendications, et la meilleure preuve en est que nous n'étions nullement préparés à la guerre ajoute-t-on encore.

Seulement cette argumentation pèche un peu par sa base même. Celui qui est fort peut seul imposer son idéal ; mais il est de toute évidence — en tenant nécessairement compte de l'état actuel de la prétendue civilisation — qu'une nation désarmée ne peut élever la voix et dire à d'autres peuples, avec quelque chance d'être entendue : désormais, nous répudierons la guerre parce qu'elle est contraire à l'épanouissement de la civilisation et nous prospérerons par la paix. Un apôtre ne peut rien contre une nation de proie ! Or, donc, avant de songer au pacifisme il fallait s'assurer si quelqu'un n'avait pas le désir de faire la guerre.

Notre Gouvernement était parfaitement renseigné sur les intentions des Allemands et pourquoi n'a-t-il pas eu plus de souci du perfectionnement de notre outillage militaire ? Les chefs de notre armée étaient à peine écoutés alors que les destructeurs systématiques de nos forces militaires obtenaient les faveurs gouvernementales. Notre Parlement apportait toute son ardeur aux persécutions religieuses, aux luttes mesquines, et il n'apportait qu'une attention distraite aux questions intéressant notre sécurité. Et c'est ainsi que l'on peut dire que nous sommes légers. Nous ne nous alarmions même pas de la concurrence économique que nous faisait la puissante Allemagne, — et pourtant cette concurrence était grande. Partout l'Allemand tendait à supplanter l'influence française et il n'y réussissait que trop souvent. Enfin les espions pullulaient chez nous sans que cela nous émût.

La France, toujours généreuse et chevaleresque, eût, volontiers, pris l'initiative d'abolir des armements onéreux et qui font un singulier contraste avec la prétendue marche en avant de la civilisation, mais il était facile de voir que le moment n'était pas encore venu de donner à ces idées ne fût-ce qu'un commencement d'exécution. Supposer le contraire c'était faire preuve d'une naïveté poussée un peu loin. Les citoyens les plus pacifiques, mais simplement sensés, pensaient ainsi. Fallait-il qu'une minorité vint imposer ses utopies et nous livrer à la merci de ces barbares qui firent preuve de cruauté réfléchie comme pour nous prouver, avec une sanglante ironie, combien nos idées pacifiques étaient peu appréciées, et qui voulaient nous asservir sous leur dénomination.

Ah ! nous savons que messieurs les socialistes fondaient les plus grandes espérances sur leurs camarades de tous les pays, et en particulier de l'Allemagne, pour assurer la paix universelle. Oui, et c'est sur de semblables espérances, dont on a pu apprécier la valeur, que l'on a voulu désorganiser notre armée.

Au cours de cette guerre, l'on a exhumé les textes les plus anciens pour nous prouver — ô Renan — que les Allemands avaient toujours fait preuve des instincts les plus barbares. Nous devions donc d'autant plus les craindre, et l'histoire ne nous fut d'aucune utilité puisque nous n'avons pas su nous souvenir.

Maintenant, et pour entrer dans notre deuxième proposition, que dirons-nous de ces hommes qui se sont rués à la curée sanglante ?

S'ils étaient des êtres simplement raisonnables, s'ils

étaient humains, s'ils étaient faits à l'image de Dieu, nous n'aurions pas à déplorer ces drames qui font songer aux pires barbaries. Ils ne veulent, sans doute, rien avoir à envier aux bêtes féroces, ces hommes qui commettent les pires forfaits dans le but de parvenir plus sûrement à leurs fins. Mais on essaye de justifier les guerres et devant elles tout sentiment devient niaiserie. Avant tout il faut massacrer, et pourquoi ? Pour agrandir un territoire, pour s'emparer de richesses, pour satisfaire à un besoin de domination aussi et voilà !

La terre est vaste, quelques-unes de ses parties sont encore inhabitées, et il y a encore place, sur notre planète, pour un grand nombre de nos semblables. Oui, mais beaucoup d'hommes ne l'entendent pas ainsi ; à s'entr'égorger, ils donnent libre cours à leurs mauvais penchants, à un naturel sanguinaire, enfin, qui nous ôte toute espoir de voir fleurir une civilisation intégrale. Pour donner une excuse à leurs instincts guerriers, ils trouvent des explications ingénieuses : les uns disent que la guerre est d'essence divine, les autres estiment qu'elle est une nécessité et que, sans elle, nous serions exposés à finir nos jours dans on ne sait quel désordre, dans on ne sait quel relâchement de nos mœurs. Une trop longue période de paix ne vaut rien, paraît-il ; nous avons besoin, pour supporter la vie, du spectacle horrible de la guerre ; il nous faut le bruit du canon pour réveiller notre torpeur ; des mourants les plaintes, les gémissements, les cris produisent un effet bienfaisant sur notre pauvre nature. La guerre, enfin, est encore élevée à la hauteur d'une institution nécessaire ! Les écrivains qui, commodément assis dans un fauteuil, essaient de démontrer l'utilité d'une pareille institution, d'en justifier les conséquences, d'en exalter les vertus, n'ont, sans doute, jamais souffert de ses cruautés. Il serait souhaitable que ces bavards malfaisants éprouvassent quelques-unes des tortures infligées à ceux qui subissent les nécessités inéluctables des folies guerrières.

Les hommes disent ce qu'ils veulent ; comme ils ne savent comment excuser leurs forfaits, ils sont obligés d'avoir recours aux pires incohérences. Nés sous des climats divers, ils diffèrent de tempérament, et c'est ainsi qu'ils se classent par races, mais ils n'en sont pas moins tous faits à la même image. Les uns s'imaginent être créés à celle de Dieu auquel ils croient ; les autres, et c'est sans doute le plus petit nombre — sans représenter nécessairement l'élite — n'ajoutent pas foi aux divinités, mais ils ne se considèrent pas moins comme étant d'essence tout-à-fait supérieure. En tous cas, et d'une manière générale, l'homme entend bien n'avoir rien de commun avec les êtres inférieurs de la création ; il marche en regardant le ciel et se croit digne de l'atteindre. Imbu de ces idées il devrait n'être susceptible que de se livrer à la recherche du bien et du beau, or, il se livre souvent au mal. Il se laisse surtout guider par des appétits. Au lieu de se servir de ses passions pour s'élever en cherchant à les dompter et à décupler ainsi sa force morale, il se laisse dominer par elles et tout s'enchaîne pour le pire. Il recherche la vie facile, il la veut pleine de jouissances, il est souvent partisan du moindre effort, mais il est avide du maximum de bien-être. Il a obtenu, par la science, quelques victoires, et il s'est persuadé qu'il était tout puissant; son orgueil ne connait plus de limites.

Mais on soutient encore que les nations se font la guerre par besoin d'expansion. Un peuple ne peut rester stationnaire ; si le nombre de ses sujets diminue, il s'expose à disparaître ; si, au contraire, les habitants qui composent son groupement se multiplient, il s'efforce d'agrandir son territoire. Et c'est, en particulier, le cas dans lequel se trouvèrent les Allemands qui ne craignirent pas de dire qu'ils avaient besoin d'un espace plus grand au fur et à mesure qu'ils devenaient plus nombreux. Ce qui est rationel, en somme. Ils étaient le nombre, ils étaient la force, ils entendaient étendre leur domination et agrandir leur empire. En outre, la science, développa chez eux le plus grand orgueil; ils se figurèrent qu'ils avaient le devoir d'imposer leur civilisation — si l'on peut s'exprimer ainsi — à tout l'univers. Enfin certains de leurs penseurs ont cru pouvoir écrire que la guerre est nécessaire et que sans elle les peuples tomberaient dans la pourriture. Retenons ce singulier aveu qui montre l'humanité sous le plus triste jour. Et c'est par de semblables arguments que l'on prétend justifier l'horrible!

Bien que cela ne serait guère plus consolant, nous aimerions mieux croire qu'un certain fatalisme pèse sur la destinée des peuples. Mais c'est trop de faiblesse. L'homme n'est-il pas capable de s'assurer une autre fin que celle qui l'attend sur le champ de bataille ? Ne peut-il trouver quelque gloire ailleurs que dans le geste qui consiste, pour lui, à planter le fer aiguisé dans la gorge de son semblable ou, moyen plus bas encore, à l'asphyxier en mettant en œuvre l'une des dernières découvertes de la science ?

N'est-il pas d'autres emprises possibles que celles perpétrées par ces crimes qus l'on prétend justifier sous prétexte qu'il s'agit de conquête à main armée ? Sous le couvert d'un euphémisme, on absout l'assassinat, on le glorifie même ! La pénétration pacifique peut être un peu lente mais néanmoins efficace — du peuple qui prospère, chez un autre peuple — ne serait-elle pas d'un succès plus assuré que les conquêtes brutales opérées par la force des armes ? La violence appelle la violence ! La nation vaincue ne songe qu'à préparer la revanche et ainsi la civilisation est sans cesse compromise. C'est encore une vérité que l'histoire nous démontre à chacune de ses pages et nous nous demandons à quoi servent les travaux des historiens.

Vers 1869 l'on signalait, chez nous, d'inquiétants symptômes ; la légèreté dans les mœurs qui fut signalée à la fin du second empire fit présager de sombres lendemains. Mais la guerre de 1870 a-t-elle à jamais empêché le retour de cette légèreté ? On a dit, on a même écrit que non ; il faut bien conclure que tout n'est qu'un perpétuel recommencement ; et encore une fois sur quel précédent s'appuyer pour fonder des espérances sur de nouvelles et éclatantes aurores.

Mais revenons à notre sujet. Si les masses peuvent difficilement décider quelque chose, elles peuvent néanmoins imposer leur volonté. Un chef d'Etat est obligé de tenir compte de l'opinion de ses sujets. Si les Allemands étaient des êtres raisonnables, eux qui pouvaient s'installer chez nous sans plus de difficulté que dans leur pays d'origine, et qui ne pouvaient même pas invoquer le besoin d'expansion — puisqu'il leur était loisible d'user en toute sécurité de la pénétration pacifique — ils auraient enfermé les orgueilleux déments qui les ont conduits sur les sanglants champs de bataille, et aussi les suppôts de la culture germanique qui considèrent comme verbiage méprisable les paroles de réprobation universelle qui, comme un glas funèbre, doivent commencer de tinter à leurs oreilles. Mais non, les soldats du Kaiser ont suivi des chefs qui se révélèrent des brutes réfléchies, dans l'espoir de fructueux pillages, et aussi de vastes conquêtes.

Et c'est ainsi que nous vîmes s'unir ceux qui voulurent repousser une trop grande oppression. Mais nous eussions aimé qu'il fut moins question de différentes races. Nous ne voulons voir, dans la lutte gigantesque qui se poursuit, que deux catégories d'hommes : celle qui lutte pour le droit et la liberté, et celle qui, ne connaissant que la force, vise à s'imposer par la conquête. Nous voudrions voir moins de latins, moins de germains, et plus d'hommes prêts à poursuivre un même but. C'est faire preuve d'un manque de largeur d'idées que de vouloir maintenir des barrières entre les différentes races, et c'est, au surplus, entretenir des germes de conflits. Nous sommes, à notre façon, partisans de la suppression des frontières.

Si le génie n'a pas de patrie, la loi d'amour n'en doit pas connaître non plus. Nous voudrions que toutes les énergies pussent se fondre et coopérer ensemble à la grande œuvre de la civilisation et du progrès véritables.

Supposons, un instant, que dans un mouvement de générosité, l'Empereur d'Allemagne nous eut rendu l'Alsace et la Lorraine, tout changeait d'aspect. La guerre devenait impossible, et, par ce beau geste, Guillaume II eut mérité l'admiration du monde civilisé ; il eut acquis ainsi une bien grande page dans l'histoire et illustré son nom à tout jamais. Parce qu'elle aurait renoncé à garder, injustement d'ailleurs, l'Alsace et la Lorraine, l'Allemagne eut-elle été diminuée ? Non. Elle eut, au contraire, singulièrement grandi, mais elle a préféré s'avilir.

Les partisans de la force brutale, ceux qui au mépris de tout droit, de toute justice, de tout sentiment humain ont lancé sur la France une avalanche d'hommes dressés à la barbarie la plus éhontée n'ont pu triompher, mais ceux qui par légèreté, insouciance, ou pis encore avaient affaibli notre pays, nous ont mis à la merci du plus terrible des événements, et ils ont encouru la plus grande des responsabilités.

Dieu n'a pas voulu laisser s'accomplir le triomphe du mal, il ne saurait vouloir que les forces brutales aidées de toutes les sciences, régnâssent sur le monde ; mais il a donné un avertissement à ceux qui, méconnaissant toute loi divine, nous conduisaient à la ruine. Et ce sont les vaillants de la France — compris ceux qu'une mauvaise politique avait chassés de notre sol — qui ont, nouveaux martyrs, supporté le poids de tous ces excès.

Elle est sûrement vaine, enfin, cette prétendue civilisation scientifique (objet de notre troisième interrogation) qui sème le carnage, la douleur et la mort sur des millions d'hommes. Demandons à ceux qui sont revenus des champs de bataille ce qu'ils pensent des grandeurs de la guerre, demandons aux pauvres amputés quels souvenirs ils ont conservé des luttes infernales, questionnons ceux qui sont demeurés aveugles, aussi ceux qui n'ont plus ni bras ni jambes, demandons à tous ces malheureux ce qu'ils pensent des modernes tueries et leurs réponses ne pourront que nous frapper d'épouvante.

Demandons à nos soldats s'ils n'ont pas senti parfois la fureur gronder en eux, au milieu de tant d'horreurs accumulées, si les atrocités commises n'ont pas appelé, par représailles, d'autres atrocités, et nous serons persuadés que la prétendue grandeur de la guerre ne peut racheter ce que celle-ci à d'horrible.

La civilisation a sombré dans le drame le plus sanglant et le plus affreux que l'histoire ait jamais enregistré, et la science fut la sinistre pourvoyeuse des hommes pour l'accomplissement de ces œuvres de torture et de mort qui ont déshonoré l'humanité.

Comme ils sont gracieux, n'est-ce-pas? ces grands oiseaux qui, s'élevant au dessus de nos villes, sèment la mort parmi ceux qui doivent se croire à l'abri de l'atteinte des armées. Comme elles semblent magnifiques ces voitures que l'on voit, roulant à des vitesses vertigineuses, lancer autour d'elles le feu et la mitraille ; nouvelles pourvoyeuses du carnage. Tout cela est très joli, en effet, et donne une haute idée de la grandeur morale des hommes.

Et il faut croire que toutes ces monstruosités n'ont rien qui soit de nature à émouvoir profondément puisque des nations demeurent impassibles devant les crimes les plus atroces et restés sans excuses.

Les passagers du *Lusitania*, victimes innocentes de la plus grande barbarie, n'ont pas apitoyé les neutres ; ils n'ont soulevé que de timides protestations. Ceux qui président aux destinées des Etats Unis d'Amérique n'ont trouvé que des formules de chancellerie pour protester contre l'un des plus grands forfaits qui vient illustrer maintenant le triste livre de l'humanité, cependant que le Kaiser couvrait de décorations ceux qui perpétrèrent le crime le plus honteux. Là encore, la science dut armer la main d'hommes qui accomplirent la plus abominable des besognes.

La France n'a pris aucune part dans ces opprobes ; attaquée, elle n'a fait que se défendre. Notre honneur est sauf et les fils de notre belle nation ont su se montrer dignes de leurs aînés en donnant leur sang pour le salut de la patrie menacée. Mais, prenonsgarde ; ne nous laissons pas atteindre par les luttes mesquines, sans grandeur et sans beauté de la politique, car elles finiraient par avoir raison de nos meilleures forces.

Un peuple qui veut vivre, qui veut conserver son rang, qui veut étendre sa civilisation sur les autres nations, doit être vaillant ; il doit être prêt à faire face à tous les dangers ; il doit rester continuellement en état de ne craindre aucune menace.

Et notre vitalité relève bien plus de notre moralité et de notre éducation que des enseignements scientifiques. Si tous nos établissements d'instruction s'appliquaient à former des hommes — avant tout conscients de leurs devoirs et du rôle qu'ils doivent jouer dans le monde, nous aurions moins de défaillances à déplorer. L'éducation morale de l'individu est d'une importance capitale, or, qu'à fait la politique à ce sujet ? Elle a inauguré un système d'enseignement qui est à peu près la négation de l'idée du devoir et du sacrifice. Les génies politiques de ce temps n'ont rien trouvé de mieux, pour régénérer la France, que de tuer l'idée religieuse — que l'on a remplacée, il est vrai, par la morale laïque. — En frappant le prêtre, c'est aussi Dieu que l'on voulait atteindre sans prendre garde qu'en ôtant au peuple toute lumière céleste on ne peut que déchaîner de grossiers appétits. Ce sectarisme aussi étroit que malfaisant ne pouvait produire que de mauvais effets. En même temps que la religion perdait des adeptes, la natalité diminuait en France à ce point que notre population reste stationnaire, décroît même alors que celle des autres nations va s'augmentant chaque année. Qu'est-ce à dire ? Nous avons la prétention d'être le peuple le plus civilisé du monde et nous laisserions mourir notre race !

Oh ! oui, certes quelles preuves d'énergie, d'endurance, d'abnégation, d'héroïsme, n'a-t-il pas montrées, ce peuple, en dépit des théories malfaisantes qui lui furent prodiguées et combien plus grand est son mérite. Qu'elle reconnaissance ne devons nous pas à ceux qui ont donné leur vie pour nous permettre de conserver notre liberté, pour nous mettre à l'abri d'une lourde domination. Nous ne saurons jamais trop glorifier tous ceux qui ont souffert, tous ceux qui ont donné leur sang pour notre sécurité, pour rattacher à la mère Patrie les provinces perdues, et enfin pour éviter à notre pays de nouvelles mutilations.

Sous prétexte de protéger les diverses croyances, toutes les religions, la République n'en favorisa plus aucune. Les lumières célestes furent décrétées d'inutilité publique ! Dieu fut proscrit de partout ; l'idéal laïque fut opposé à l'idéal religieux ; une sèche morale, qui ne fit que trop ses preuves, vint remplacer les principes éternels basés sur la crainte de Dieu. Nos grands démocrates estiment cette crainte tout-à-fait puérile, sans doute, et bonne seulement pour les simples d'esprit. L'orgueil qui a toujours perdu les hommes, même ceux qui, devant l'histoire, sont plus grands que les médiocres génies de notre époque, constitue un bandeau épais qui ne laisse filtrer aucune lumière. Et c'est ainsi que l'État s'en va persécutant ceux qui ne croient pas pouvoir se passer de ce flambeau qui nous est tant nécessaire parmi tant d'obscurité répandue. Le fonctionnaire qui, ayant des convictions religieuses ne les dissimule pas, risque fort de nuire à son avancement. Nous en sommes là sous un régime qui devait assurer toutes les libertés !

.....« Oui, le peuple de demain qui plus que celui d'hier louera le Seigneur, et il aura raison. Devant la disparition des familles égoïstes et celles dont on a pu dire qu'elles ont :

à l'égal d'un malheur craint la fécondité,

des générations plus courageuses pourront, enfin, faire la loi, grâce aux enfants qu'elles auront pu élever et qu'elles auront élevés selon leurs principes. Ces principes, d'ailleurs, que sont-ils ? ils consistent dans le respect de la loi divine, à coup sûr, mais aussi en la confiance dans l'effort, la résignation dans la vie simple, la vaillance devant les difficultés de tous les jours. Or, c'est tout cela que donne l'énergie, non cette énergie d'un moment si souvent faite d'emballement, d'illusion et d'imprudence, mais cette énergie trempée par une vie de privation, de travail, de sérénité, d'aménagement de forces morales comme il n'est possible d'en trouver que dans les familles nombreuses et chrétiennes, dans les vraies familles, enfin. »

Ainsi s'exprime M. Joly, au cours d'un article paru dans la revue hebdomadaire du 24 octobre 1914.

L'État devrait être le protecteur naturel des familles dont parle M. Joly. Mais, que voyons nous ? Si quelques écoles chrétiennes subsistent bien encore elles sont considérées dans les sphères gouvernementales, comme des foyers dangereux qu'il faut supprimer, et les vexations de toutes sortes ne leur sont pas ménagées. Quels sont donc les crimes imputés à ces établissements ? Mais enseigner une morale chrétienne suffit pour devenir suspect ! Avoir l'audace d'enseigner la croyance en Dieu est intolérable, et il faut fermer ces écoles. D'ailleurs, de temps à autre, un farouche laïcisateur jette un cri d'effroi et stimule les consciences assez timorées pour laisser se perpétuer ces foyers de toutes les erreurs et de toutes les réactions. En attendant cet aurore tant désiré par un étroit sectarisme, les enfants qui fréquentent ces écoles sont l'objet de la vindicte des pouvoirs publics. En ce pays qui fut le berceau de toutes les les libertés, personne n'est plus maitre de sa conscience : prier, c'est mettre la République en péril, et n'ont droit aux faveurs gouvermentales que ceux qui savent afficher des idées d'athéisme.

Mais que se passera-t-il lorsque seront revenus des champs de bataille les vaillants qui sont en train de sauver la France ? Ceux-ci ne permettront plus que la maison de Dieu soit persécutée, parceque aux heures terribles, pendant que la mitraille accomplissait sa sinistre besogne, pendant que les engins les plus meurtriers fauchaient tant de vies humaines, alors que partout d'eux, la mort rôdait, ils ont souvent invoqué ce Dieu qui les a soutenus.

Lorsqu'ils reviendront ces braves, ils seront certainement déterminés à écarter les luttes mesquines, les obscurs partisans des théories creuses, les politiciens sans scrupules qui exploitent la crédulité publique.

Et c'est ainsi que bientôt, une France plus unie, plus forte et plus vaillante que jamais pourra imposer ses nobles traditions, c'est ainsi qu'un peuple vigoureux pourra, sans aucune crainte, exercer une action civilisatrice.

IV

Nous avons, au début de cette étude, exprimé un doute ; en effet, nous avons écrit que nous n'avions foi ni dans un art nouveau, ni dans une littérature nouvelle, ce qui veut dire plus exactement, que nous sommes sceptiques quant à la portée réelle de cette littérature, quant à l'influence de cet art, en supposant qu'ils fussent sur le point d'apparaître.

Et l'on voudra bien nous rendre cette justice que ce scepticisme se justifie si l'on consent à examiner le passé en toute impartialité. C'est ce que nous avons fait pour notre part ; c'est ce qui résulte de notre analyse que nous complétons ainsi :

La Bruyère a dépeint les vices des hommes de son temps, mais il n'a pas indiqué le remède qu'il convenait d'appliquer au mal ; Jean-Jacques Rousseau a composé un traité d'éducation dont l'effet reste des plus incertains ; Chateaubriand nous a laissé le " Génie du Christianisme ", or, nous savons quel cas on vient de faire de la doctrine du Christ ; Musset, a de l'amour, chanté les joies, mais aussi les cruelles déceptions ; Victor Hugo a écrit et les Misérables, et Napoléon le Petit, et de fort beaux poëmes ; Tolstoï a préconisé le retour à l'âge quasi primitif. Les Anglais ont Shakespeare, Walter, Scott, etc. ; les Allemands comptent parmi leurs célébrités Beethoven, Goethe, Schiller, Wagner. Tous ces hommes illustres nous ont donné des chefs d'œuvre de l'esprit ; leur influence sur notre civilisation paraissait devoir être grande, et cependant nous assistons au retour de la plus grande barbarie.

Nous sommes tentés d'écrire que parmi ces hommes célèbres, Musset est le plus grand, parcequ'il nous a laissé des chants immortels comme le sujet qui les a inspirés ; mais ce poète a montré trop de faiblesse ; il s'est privé, ne pouvant le supporter, de l'aliment qui devait le faire vivre ; il a éteint en lui la divine flamme qui l'eut conduit à la plus grande victoire.

La République a doté notre démocratie d'une instruction obligatoire de laquelle devaient jaillir tous les bienfaits. L'entière obscurité des siècles passés fut condamnée à disparaître devant l'éclatante lumière, et cependant avons nous fait preuve d'une bien grande clairvoyance ? Aujourd'hui encore les esprits éclairés discutent sur le mérite des humanités, et sur la crise regrettable qui persiste à sévir sur l'enseignement de la langue française dans nos universités. L'on hésite toujours sur le point de savoir si les lettres doivent l'emporter sur la science; or cette dernière s'est suffisamment déshonorée pour être laissée un peu dans l'oubli. Il reste toujours vrai, nonobstant, que la culture des lettres constitue le plus bel ornement de l'esprit. Mais ce n'est qu'un ornement, ne l'oublions pas, et le caractère d'un homme ne se forme pas rien que par la lecture de Virgile, ni par l'étude d'Homère, ni par une version latine.

La solution recherchée n'est pas là, ni dans une modification de la forme du gouvernement non plus. Ce ne sont pas tant les institutions qu'il faut réformer, mais bien le naturel des hommes ! Que l'être humain s'applique à modeler ses tendances, son caractère, qu'il les dirige vers les perfections nécessaires, est-ce si difficile ?

Nous ne savons si l'on peut voir une grande innovation dans le fait de dire aux hommes : corrigez-vous de vos défauts si vous voulez voir l'ère du progrès véritable. En tout cas, ce fait présente au moins le mérite d'exprimer, sans ambages, une vérité simple autant qu'indiscutable et sur laquelle repose tout l'édifice des perfections humaines. Inutile de chercher ailleurs. Le passé, surtout le présent, nous le prouvent surabondamment.

Mais notre ambition ne se borne pas, tout à fait, à dire à nos semblables : amendez-vous ; ce serait trop facile et partant sans grand mérite ; nous voudrions — et c'est peut-être par là que nous allons présenter une nouveauté — indiquer quelle voie nous devons suivre pour arriver aux perfections indispensables.

Tout d'abord il nous faut oublier la plupart des connaissances que nous avons acquises jusqu'à ce jour et qui ne feraient que paralyser notre essor. Nous n'entendons pas dire, par là, qu'aucune doctrine n'est bonne et notre prétention n'est pas de les supprimer toutes, d'un seul trait. Non. Mais nous voudrions indiquer aux hommes où se trouve la source des énergies qui leur sont nécessaires pour mettre en pratique les enseignements donnés. Car, enfin, pour suivre une voie — et il semble que nous soyons toujours à la recherche de la nôtre — il nous faut une grande force de volonté. Les hommes n'avaient pas besoin d'autre doctrine que celle du Christ, or, pourquoi en ont ils imaginé de si nombreuses qu'ils s'appliquent à fausser toutes d'ailleurs ? S'ils avaient pu suivre la première, ils se seraient évidemment dispensé d'élaborer les autres.

L'on nous a tout enseigné, mais on a omis l'essentiel : on a oublié de nous dire que notre volonté peut devenir toute puissante, et qu'il nous est, par conséquent, loisible, d'abord de nous débarrasser des défauts de notre caractère, et ensuite d'atteindre le but le plus grand auquel nous puissions prétendre dans la vie.

Nos défauts ! comment les connaître ? Mais nous le pouvons en procédant à notre examen intérieur. Nous hésitons à écrire que nos tendances sont marquées dans le ciel à l'heure de notre naissance, et pourtant.....! Une science jadis célèbre nous le démontre de façon péremptoire, mais elle n'a pu encore prendre rang parmi les sciences soi-disant positives et qui sont ainsi appelées — sans doute — parce qu'elles ne nous apportent guère que des déceptions. Trop attachés à la terre, les hommes ne veulent pas croire au merveilleux, ils ne sont pas tentés de gravir la colline pleine de lumière, ils préfèrent suivre toujours les chemins obscurs et c'est tant pis pour eux !

A notre naissance, lorsque nous faisons notre entrée dans le monde terrestre, nous sommes extrêmement faibles ; notre constitution offre peu de résistance ; nous paraissons à peine plus gros qu'un grain de poussière ; rien qu'un souffle nous anime qui semble dérobé à une brise légère. Nous ne semblons guère faits pour résister aux tempêtes qui nous attendent. Cependant grâce aux soins qui nous sont donnés et aussi à l'air vivifiant qui compose l'atmosphère dont nous sommes entourés, notre composition débile s'affermit bientôt. Chaque jour nos forces s'accroisent. Puis, au fur et à mesure que nos yeux s'ouvrent à la lumière nous sommes émerveillés des magnificences de la création ; nous avons hâte d'admirer ce que celle-ci offre à notre vue ; nous voulons saisir, embrasser tout ce qui nous entoure. Un beau site nous porte à l'enthousiasme, nous émeut, excite favorablement notre imagination et nous dirige vers l'infini. A contempler l'immensité qui nous environne, nous avons conscience de notre faiblesse : nous sommes bien petits au milieu de tant de grandeurs !

Nous pourrions être privés, pendant quelque temps, sans grand dommage des aliments qui nourrissent notre corps, mais nous serions condamnés à périr, de façon subite, si l'air venait à nous manquer. C'est donc ce dernier élément qui compose notre vie même, c'est le plus sûr soutien de notre être physique. Or, la force que nous puisons dans l'air est illimitée comme l'espace qui nous environne et nous devrions apprendre à respirer avant que d'étudier les premières notions de la grammaire. En outre, et parallèlement, il nous faudrait fortifier nos muscles qui sont les plus fermes soutiens de notre cerveau.

Il est aisé de s'imaginer à quels résultats nous pourrons prétendre lorsque nous sentirons qu'il est en notre pouvoir de puiser dans les réserves toujours renouvelées de l'élément qui nous fait vivre.

Notre personnalité se compose de deux êtres : l'un physique, l'autre moral, intimement liés. Ils doivent s'harmoniser ensemble et le second est d'autant plus puissant que le premier est robuste; enfin aucune limite — il faut bien se le persuader — n'existe au développement de l'un et de l'autre.

Et pourtant l'éducation primordiale qui devrait enseigner cette vérité ne reçoit guère d'application. On instruits les jeunes de faits qui leur enlèvent l'enthousiasme qu'ils ont acquis avant d'avoir ouvert les livres.

L'histoire de l'humanité les étonne d'abord et ne peut que les attrister ensuite. Mauvais début dans la vie et qui paralyse déjà !

Puis vient le choix d'une carrière, d'une profession, d'un métier. C'est l'âge de l'adolescence, c'est la période où tout est souriant quoiqu'il en soit. Période bien courte qui n'a guère de lendemain. Précipité dans ce tourbillon de l'existence qui a parfois raison des meilleures énergies, préoccupé qu'il est de donner satisfaction à toutes sortes de besoins matériels, l'homme s'applique moins à augmenter l'intensité de sa vie qu'à l'abréger. Il ne meure pas, mais il se tue parcequ'il ne songe à se nourrir que de ce qui corrompt son corps. Il néglige l'aliment véritable, celui qui, le moins onéreux, est certes le plus puissant, et qui ne lui demande, chaque jour, qu'un effort minime, en comparaison du résultat qu'il permet d'atteindre. Si l'homme s'essaie parfois à capter les forces qui l'environnent, ce n'est jamais pour son profit direct, c'est encore le plus souvent, pour hâter sa fin ; il n'a pas encore songé, depuis tant de siècles, à faire siennes des réserves inépuisables d'énergies dans lesquelles il lui est pourtant loisible de puiser puisqu'elles existent à l'infini.

L'Infini ! Songe-t-on à ce qu'il renferme de puissances de toutes sortes. Et pourtant il nous appartient. Dieu l'a mis à notre disposition pour nous permettre de réaliser notre tâche qui n'est autre que celle qui consiste à nous élever constamment.

Pour que nous puissions arriver au résultat que nous venons de préconiser, — auquel nous pouvons toujours prétendre, à quelque année de notre existence que ce soit — il nous faut respirer profondément, aller jusqu'au bout de notre respiration, et ce de façon continuelle. C'est un rythme que nous devons nous exercer à suivre, sans nous y dérober un instant. Ainsi nous nous habituerons à acquérir une force de volonté telle qu'il nous sera facile d'exercer un contrôle sur notre pensée et sur nos actes. Obtenir le pouvoir de contrôler notre pensée, tous nos actes, c'est acquérir une maitrise absolue de nous même et par conséquent nous donner la faculté de ne faire que ce que nous croirons devoir faire, après mûre réflexion, sans courir le risque de nous détourner de la voie qui nous est tracée par la raison et par les lois divines. Ainsi rien n'est plus laissé au hasard ni à l'improviste. Qu'elle puissance n'acquérrons-nous pas grâce à cet exercice ? Non seulement nous pourrons rester dans les limites tracées par les lois que nous venons de rappeler, mais encore il nous sera possible de mener à bien toute entreprise raisonnable que nous pourrons projeter. Et il y a mieux encore, peut-être. Une fois que nous serons en possession de cette faculté de contrôle — qui ne sera que l'émanation de la puissance acquise comme on vient de le voir et qui est sans limites — nous l'emploierons à éliminer de notre " moi " les imperfections, les défauts que nous avons apportés en naissant et qui sont comme la rançon de notre vie. Notre dette est lourde, mais nous pouvons puiser toujours dans les moyens mis à notre disposition pour l'éteindre.

Transportons-nous sur une montagne et contemplons le vaste horizon qui s'offre à nos yeux ; non seulement, nous sentons, ainsi, en nous, une plus grande intensité de vie, mais encore notre objectif s'élargit. Sur une hauteur l'air que nous respirons est pur de tout alliage, et c'est à cette cause qu'est due l'espèce de transformation que nous sentons s'opérer en nous. L'ambiance élevée agit fortement sur notre personnalité; plus nous nous éloignons de la terre, plus nous planons au-dessus des vulgarités. Nous avons donc pour premier devoir de nous dégager des mauvais contacts. Au milieu d'une foule nous sommes désemparés parce que nous subissons les suggestions qui proviennent des êtres qui nous entourent. Et c'est ce qui nous prouve que pour atteindre les perfections il est nécessaire que nous nous libérions des obstacles de toutes sortes, qui forment comme une chaîne qui nous enserre, nous paralyse et s'oppose à ce que nous poursuivions notre véritable voie.

En regardant l'espace infini nos aspirations s'élèvent. La vue des merveilles de la nature affine notre intelligence, et nous donne la notion de ce qui est véritablement grand. Pourquoi ? Parce que nous avons devant les yeux l'œuvre immense du Créateur. Et cette manifestation est une des preuves de l'existence de notre âme. Susceptibles de nous émouvoir devant la beauté nous pouvons prétendre à une ascension, mais il nous faut rejeter ce qui pourrait entraver cet essor qui doit nous élever toujours. Lorsque nous aurons arrêté, dans notre esprit, le but que nous nous proposons d'atteindre, poursuivons-le sans relâche, ne perdons pas un instant. Le succès de l'entreprise qui est nôtre dépend de nos efforts répétés. Nous savons que notre volonté est toute puissante et que nos forces sont illimitées.

Persuadés que nous sommes de cette vérité que rien ne peut nous arrêter dans l'accomplissement de nos désirs nous ne pourrons pas nous attarder aux petitesses dégradantes puisque notre objectif sera d'aller vers ce qui est plus grand. Débarrassons-nous donc de toutes les connaissances que nous avons acquises et allons résolument vers la voie nouvelle qui nous dirige vers les sommets : cela est en notre pouvoir si nous le voulons avec fermeté.

Quelque soit le but que nous nous sommes assigné, eut-il trait au plus grand idéal, il nous appartient de l'atteindre ou non. Que notre esprit reste sur la montagne. Nous sommes faibles, mais nous savons que Dieu a mis à notre disposition toutes les puissances qui sont autour de nous et qu'il est en notre pouvoir de les accaparer par des efforts continus.

Que chez nous ce soit l'esprit qui dirige et non la matière ; allégeons notre corps afin que notre intelligence soit plus libre ; allons toujours vers ce qui est grand, il nous suffit de vouloir pour l'atteindre.

N'oublions jamais que notre volonté est toute puissante, recherchons résolument les clartés, et aussi la force de vaincre dans des voies qui sont vieilles comme le monde, mais que nous n'avons pas encore su découvrir.

L'on peut facilement concevoir qu'elle serait la puissance d'une nation dont tous les habitants, du plus humble jusqu'au plus grand, communieraient dans cet infini qui nous entoure. Et c'est vers ce but que les divers enseignements devraient tendre désormais. Que l'enfant soit persuadé qu'aucune limite ne peut être assignée à son activité et qu'il est le propre ouvrier de sa destinée.

Le spectacle auquel nous assistons en ce moment nous démontre ce que peut une nation unie, ce dont est capable un peuple dont toutes les volontés, toutes les forces sont tendues vers un seul but : la victoire. Divisés, nous allions à un échec certain dès l'abord, unis, nous forçons la victoire de se ranger de notre côté.

Seulement il est une chose que nous devons nous efforcer de mettre tout à fait hors de nos mœurs, de nos habitudes et cette chose, c'est la politique. Et non pas celle qui consiste à conduire un État vers de hautes destinées, mais cette politique de coterie qui ne sème que haines, que discordes et qui s'infiltre partout. C'est cette dernière qui cause cette ambiance néfaste qui nous paralyse.

A-t-on jamais songé aux ridicules que présentent ces épithètes innombrables, ces dénominations baroques qui servent à désigner les politiciens de ce temps ? A-t-on parfois pensé à ce qu'il y a de vain et de méprisable dans ces couleurs disparates qu'abordent ceux qui ont la prétention de nous gouverner et qui ne réussissent guère qu'à tout entraver. Après la victoire de nos armées, il nous faudra la victoire du bon sens. D'ailleurs ne serait-ce pas faire injure à ceux qui supportent, à l'heure actuelle, le poids d'une atroce barbarie de supposer qu'ils prêteront désormais une oreille complaisante à des querelles qui paraissent bien mesquines en présence de l'horrible drame qui se déroule dans l'Europe en feu ? Sur tant de ruines accumulées les défenseurs de la civilisation voudront édifier une société qui aura la notion véritable du progrès et cette notion ne sera pas puisée dans des théories malfaisantes, mais elle nous viendra de ceux qui auront trouvé la voie qui conduit à la victoire.

Et l'on ne verra plus la politique s'introduisant partout comme une lèpre, diviser les hommes, corrompre la littérature, couvrir l'art d'un voile obscur et entraver les manifestations du génie humain puisées dans cet infini que nous devons atteindre et qui est le but naturel de notre vie.

Ceux dont la principale préoccupation est de renouveler ces agitations puériles qui ne sont mises au service que de bien petites causes n'ont jamais réfléchi, un instant sans doute, à tout ce qu'il y a, non pas seulement de méprisable mais encore de nuisible à l'épanouissement de cette grande aurore dont les premières lueurs apparurent il y a plus d'un siècle et dont le rayonnement fut toujours obscurci par les excès de ceux qui prétendent diriger le peuple vers ses véritables destinées. L'on nous parle toujours des grandeurs de la démocratie, l'on affecte pour cela un sérieux qui ne réussit qu'à être comique, or, nous savons que la véritable démocratie n'a jamais existé, qu'elle ne pourrait s'établir qu'à l'aide d'une réforme complète de nos mœurs, et enfin qu'elle ne serait viable que si elle était basée sur autre chose que des intérêts. Et c'est aux hommes, à tous les hommes qu'il appartient de rechercher le pivot sur lequel leur souveraineté peut s'exercer avec fruit. Ils le trouveront s' allégés de leurs mauvaises tendances, ils sont bien résolus d'appliquer les vrais principes qui sont d'ailleurs éternels et qui se résument dans ce seul mot : amour.

Une vieille légende — qui est de tous les temps — nous dépeint la surprise qu'éprouva un personnage de l'antiquité lorsqu'il lui fut donné d'analyser les mœurs de ses contemporains. On l'avait prénommé Eson en souvenir, sans doute, du père de Jason, qui fut, on le sait, rajeuni par la magicienne Médée.

Eson naquit dans un petit village appelé Gaya et situé dans le pays des Muses. Gaya se trouva comblé par la nature, de merveilles de toutes sortes; des arbres l'ombrageaient délicieusement, des sources limpides baignaient son sol riche en frondaisons variées; des cascades où les rayons de soleil mettaient des brillants, lui donnaient un aspect féérique. En ce temps là, les chemins de fer, les automobiles étaient inconnus et aucun bruit ne venait troubler la calme sérénité qui régnait à Gaya et qui en faisait un séjour enchanteur.

Eson vit s'écouler ses années d'enfance au milieu de cette féérie ; les spectacles grandioses offerts par le ciel et la terre imprimèrent en son âme des accents d'une poésie dont la douceur n'était nullement altérée par le voisinage des rares habitants de Gaya, gens paisibles aux mœurs simples, occupés à labourer la terre. Et c'est ainsi qu'il entra dans la vie. Il souhaita rester toujours à Gaya dont il aimait à contempler les charmants sites ; il désira mener, à l'abri des grands arbres, au milieu d'une nature restée toute primitive, une existence faite de la plus grande sérénité ; mais lorsqu'il entra dans sa seizième année ses parents l'envoyèrent à la ville voisine où il étudia le droit. Puis il devint Procureur.

Cette fonction publique fit qu'il eut l'occasion de voir beaucoup d'hommes et il fut d'abord assez heureux de vivre dans leur commerce ; bientôt cependant, il s'aperçut qu'ils étaient très méchants ; il fut surpris de cette découverte ; il en souffrit même. Il ne pouvait comprendre pourquoi ses semblables cherchaient toujours à se nuire mutuellement, quels étaient les motifs qui les poussaient à se livrer à beaucoup de querelles et aussi à des guerres qui faisaient tant de victimes ; pourquoi les tertres fleuris étaient inondés de sang pourpre lorsque les soldats tiraient le glaive. Il savait qu'il n'était sur la terre, comme tous ses frères, que pour un temps très court et il ne comprenait ni les haines, ni les trahisons. Il devint presque misanthrope et souhaita s'éloigner du monde.

Souvent il allait à Gaya ; là, il aimait évoquer ses souvenirs d'enfance, ses enthousiasmes de la vingtième année alors qu'il avait cru au brillant avenir auquel devaient le conduire ses études.

Or, un jour qu'il était encore un peu plus triste que de coutume et qu'il promenait sa rêverie le long des claires sources, il rencontra une jeune fille qui portait le doux nom d'Aurore. Aurore avait été comblée de tous les attraits, ses grands yeux noirs répandaient une flamme troublante, de son visage le teint était composé des couleurs du lys et de la rose, son maintien était comparable à celui d'une déesse, tout en elle respirait la grâce la plus pure enfin. Sa jolie tête était comme nimbée d'amour. Tout de suite Eson aima la beauté souveraine de celle qui venait mettre une grande clarté sur le sombre chemin de son existence ; il se sentit plongé dans une grande félicité. Aurore n'apportait-elle pas le lumineux rayon d'une vie nouvelle pleine d'infinies douceurs ? Elle parut partager l'amour qu'elle avait inspiré. Cela se voyait dans ses beaux yeux traversés d'éclairs qu'elle s'efforçait de réprimer.

» Eson se laissa persuader par la belle jeune fille de consulter les oracles ; c'était d'ailleurs l'usage en ces temps reculés, et les devins lui révélèrent ce qui suit :

« Lorsque vous naquîtes brillait au firmament l'astre qui forme les poètes et les musiciens, or vous aimerez la littérature et la musique. En outre cet astre a déposé en vous un grand amour de l'humanité. Pendant la première moitié de votre existence vous ignorerez les talents que vous avez apportés en naissant. Vous serez enclin à la contemplation, vous serez ému à la vue d'un beau paysage, l'audition d'un chef d'œuvre musical vous transportera dans le pays des songes, toutefois vous n'essaierez pas d'exercer vos dons naturels.

Vous ne réunissez pas toutes les perfections en votre personnalité ; si, d'un côté vous êtes un idéaliste et un ami de la paix, de l'autre vous êtes matérialiste, tyrannique, impertinent.

Vous devrez apporter une grande attention dans les relations que vous nouerez avec les hommes.

Ceux-ci trahiront souvent la confiance que vous mettrez en eux. Une amère déception s'emparera de vous. Mais à ce moment interviendra une personne qui exercera, sur vous, une influence dont l'effet, sur votre destinée sera des plus puissants.

Tout d'abord vos facultés brillantes s'éveilleront sous cette influence, très douce, que vous subirez malgré les efforts que vous ferez pour vous en dégager. Sous l'action, d'ailleurs favorable qui, ainsi, sera exercée sur vous, le désir vous viendra de vous intéresser à une science merveilleuse qui apprend comment il est possible d'augmenter, sans cesse, les forces vives que chacun de nous possède en puisant parmi celles qui se trouvent dans l'espace infini et qui constituent un philtre magique. Ces forces vous rajeuniront en vous donnant un grand enthousiasme et votre puissance de volonté deviendra telle qu'il sera en votre pouvoir de vous corriger de vos défauts. Vous serez délivré du doute qui paralyse.

Vous éprouverez le désir de chanter vos transports et de les célébrer par une musique magnifique. Votre vie sera subitement transformée. Cependant vous ne mettrez à exécution l'œuvre qui naîtra dans votre esprit qu'après avoir éprouvé de grandes souffrances morales. La personne qui doit exercer sur vous une si belle émulation trahira votre amour et vous ressentirez une peine cruelle. Mais cette peine vous sera bienfaisante, car elle vous conduira vers le succès dans les arts. »

Eson n'ajouta pas foi à tout ce que les oracles lui annoncèrent, il ne voulut retenir de leurs présages que ce qui lui était agréable et il ne douta pas que Aurore lui fut envoyée par le ciel pour le conduire dans les sentiers fleuris de la gloire et de la renommée. Sous la douce influence de la déesse il sentit en lui des trésors de la plus pure tendresse ; il en fut grisé, parfois ; cependant il se trouva très accablé par de grandes angoisses à la pensée de perdre son amie.

Sous l'empire de cette agitation il fut pris du désir de composer une œuvre de sa romanesque aventure ; le sentiment qu'il éprouvait le portait vers un idéal élevé et il forma le projet de démontrer aux hommes que leur salut est dans le plus grand amour. Puis un jour que, le cœur, gonflé de joie et d'espérance il était sur le point de confier ses beaux projets à son amie, celle-ci lui déclara qu'elle allait partir pour un pays lointain ; elle ajouta, ô suprême cruauté, qu'elle ne reviendrait plus jamais à Gaya.

Eson sentit fondre son cœur dans sa poitrine, et les jours qui suivirent cette nouvelle inattendue, il versa d'abondantes larmes. Il fut inconsolable ; il ne pouvait croire à la trahison d'Aurore ; il crut impossible que tant d'amour fut anéanti par un simple geste ; tant de douceur pouvait-elle être ainsi oubliée ? Alors la prédiction des oracles lui revint à la mémoire. Les pronostics s'accomplissaient. Eson souffrit, mais il ne se révolta pas. Il comprit qu'il devait subir une rude épreuve et il voulut se montrer grand dans la douleur qui lui était envoyée. Cette douleur était immense, pourtant, mais Eson savait que les forces qui nous entourent sont infinies et il s'en empara. Il travailla, sans relâche, à l'œuvre qui avait fait l'objet de ses enthousiasmes, alors qu'il donnait toutes ses pensées à la jolie déesse et il se mit à composer des chants si beaux que tous ses contemporains en furent émerveillés. Il ne cessa, toute sa vie, de perfectionner son art, et il puisa ses plus beaux accents dans son amour pour Aurore.

IMPRIMERIE DES " PETITES AFFICHES "
de Rouen et de Normandie
28, Boulevard des Belges, 28
ROUEN

IMPRIMERIE DES "PETITES AFFICHES"
de Rouen et de Normandie
28, Boulevard des Belges, 28
ROUEN

www.ingramcontent.com/pod-product-compliance
Ingram Content Group UK Ltd.
Pitfield, Milton Keynes, MK11 3LW, UK
UKHW020345250726
13967UKWH00005B/2125